TROUXA FROUXA

VILMA ARÊAS

Trouxa frouxa

Copyright © 2000 by Vilma Arêas

Capa
Angelo Venòsa
sobre *34 com scars*, 1991, acrílica e bordado
sobre voile de Leonilson

Preparação
Felice Morabito

Revisão
Ana Maria Barbosa
Carmen Simões da Costa

Dados Internacionais de Catalogação na Publicação (CIP)
Câmara Brasileira do Livro, SP, Brasil

Arêas, Vilma
   Trouxa frouxa / Vilma Arêas. – São Paulo : Companhia
das Letras, 2000.

ISBN 85-359-0003-9

1. Romance brasileiro I. Título

00-1626   CDD-869.935

Índice para catálogo sistemático:
1. Romances : Século 20 : Literatura brasileira
   869.935
2. Século 20 : Romances : Literatura brasileira
   869.935

[2000]
Todos os direitos desta edição reservados à
EDITORA SCHWARCZ LTDA.
Rua Bandeira Paulista 702 cj. 32
04532-002 – São Paulo – SP
Telefone (11) 3846-0801
Fax (11) 3846-0814
E-mail: editora@companhiadasletras.com.br

Este livro é dedicado a todos os seus personagens

Prata deve permanecer prata e negro, negro.
Tinta deve ser tinta e pano, pano.
Vivos devem ficar vivos e os mortos, mortos.

Nuno Ramos

Índice

Furo na mácula,	11
Boquinha,	12
Dudu,	15
Cromo,	16
Os benfeitores,	17
Amor,	20
Algaravia,	22
Olha,	25
Cromo,	26
Dudu,	27
Ele,	29
Nós,	30
Sonho,	33
Solo,	34
Pássaro.doc,	38
Cromo,	40
Rol,	41
Real virtual,	44
Sujos e malvados,	47
Cartinhas,	50
Ema,	55
Cromo,	59
Dudu,	60
Ele,	61
Grupos de família,	62
Putas da Estação da Luz,	66
Amor,	67
Cromo,	68
Dudu,	69
Godard,	71
Acervo,	72
Cromo,	78
Praia,	80

Furo na mácula

Linha circular alongando-se em espinhos ao redor da esfera fuliginosa. Borrão de tinta no caderno escolar da infância. Abre os olhos e antes de mais nada vê o furo contra a luz da manhã. As imagens ganham planos justapostos que ora cavam perspectivas excessivas, ora achatam numa mesma superfície os vãos profundos que sustêm os corpos no ar. Particularidades se dissolvem num véu levíssimo de tecido claro. Com o tempo surgem manchas nítidas ou vagas, de qualquer modo intrigantes: confetes e cobras, bacilos a carvão, fitas rendadas um dia nas mãos de Olga, a chapeleira, um colar de contas opacas e fio terso. Bóiam movediças nas fibras translúcidas que pulsam como pulmões. Subitamente um leve piscar as extingue, mergulham no ralo. Eis que retornam trêmulas, aderem aos objetos e caem como partículas em sedimentação. As linhas então se adoçam, desaparece qualquer imperfeição nas folhas vivas das calçadas, as cores se alastram musculosas, os rostos ressurgem inocentes na refração da lágrima. O que não se vê conduz à sensação correta do que existe.

Boquinha

Na minha família dizia-se querer boquinha embora nem todos quisessem de modo igual. As mulheres por exemplo não podiam se pronunciar abertamente sobre o assunto; só entre cochichos e risadinhas nas ocasiões festivas depois de vários tragos de vinho ordinário quando ninguém prestava muita atenção a coisa alguma. Mesmo assim a referência era torta. Ele só quer boquinha, diziam falsamente indignadas e ainda mais belas, os olhos faiscando nos dentes enfumarados de vinho. Os homens não as desmentiam, queriam mesmo e queriam ruidosamente o tempo todo. Até os padres queriam boquinha. O monsenhor Moura, por exemplo, que rezava missa na catedral. Apesar da importância do cargo tinha uma filharada no outro lado do rio. Também, todo bonitão. As carolas suspiravam cobertas com véus pretos. Mas não era o único. Certo padreco mandara prender com falso testemunho o marido de sua bela para ficar mais à vontade nadando todo espanéfico — dizia Nelinha — na água ardente do pecado mortal. Havia pouquíssimas exceções. O padre Severino era uma delas, santo que morreu queimado de tanto fumar. A brasa caiu no lençol, transformando a batina esfiapada em tocha viva, ele em carvão. Seria possível um santo morrer nas chamas do inferno? Preto assim? A família cismava às margens do Paraíba do Sul naquele dia turvo e encrespado que obrigava as pranchas a enrolarem as velas pandas. As crianças cochichavam, quem agora vai tomar conta dos meninos pobrinhos que ele catava na rua para encher o asilo? Quem? Um ponto era entretanto perturbador: por que será que ele fumava tanto? Mas que coisa. De repente a resposta brilhou em todos os olhos: obviamente ele também queria boquinha. Queria, mas tinha de desviar o pensamento. Fumando sem parar. Ora, desviar o pensamento era outro ponto de honra que fazia par com firmar o pensamento, ambos subordinados à oração principal regida pelo verbo querer. Por exemplo, Rubinho chegando de porre naquela madrugada de verão sem conseguir enfiar a chave na fechadura. Acabou dando um berro que venceu a ventania e pôs todo o mundo de cabelo em pé. Afirmou com voz pastosa que inutilmente firmava o pensamento, porque ele ia e ia e entortava. Eu firmava, ele entortava. Ele desviava, corrigiu tio Landinho, paciente com o sobrinho que começava a criar asa de boa plumagem ao sopro do inexcedível esporte de querer boquinha. Dindinha era outra exceção, desta vez radical. Dindinha, cuja distração única além de cuidar das crianças de todo o mundo era ir e voltar das missas, calcando o pó das ruas de Matadouro com os sapatos cambaios. Se angustiada, lastimava o noivo que casara com outra quando fora rever parentes na Calábria. Escrevera que fora o destino, queria ficar cego em porta de igreja, não pudera fazer nada. Trancou o enxoval a sete chaves no baú de folha-de-flandres. Muitos anos depois abriram, os ratos tinham roído tudo. Minha mãe dizia que ela nem sempre fora Dindinha.

Tinha sido a bela Luzia de olhos melados e cintura fina. Difícil de acreditar. Não quis arranjar outro noivo, Dindinha? Batia no peito fazendo chacoalhar rosários e medalhas. Graças a Deus tenho as calcinhas limpas. Limpas. Os homens davam gargalhadas, principalmente quando emborcavam muitos copos daquele vinho que trazia à mesa do jantar o fantasma de seu Vicenzo, trabalhando feito mouro para fazer dinheiro, esbanjado depois pelos filhos que só queriam ficar craques no tal esporte de querer boquinha. Riam e afirmavam que era mesmo certo algumas não quererem, devia ser de vergonha, porque Deus sabia o que fazia e fizera as mulheres sujas. Sangravam e tinham cheiro de bacalhau. As donzelas e as meias donzelas, as santinhas e aquelas do pau oco, as putas e as tiçunas. No fundo farinha do mesmo saco. Para não falar nas brejeiras que trabalhavam enfiadas nos brejos. Aquele cheiro ficava grudado na pele somado ao outro. Iguais. Entre as pernas o famigerado cristal, que não podia jamais ser arranhado, o menor tracinho estragava. Era a honra. Homem, não, bastava tomar um banho. Pronto.

A cena era assim. Depois do espetáculo o rio corria as cortinas de água, as pranchas fechavam as asas, os homens saíam correndo para pegar o bonde, as crianças — mesmo aquelas que hoje em dia já estão mortas e enterradas — cochilavam descansando a cabeça no bracinho dobrado. Eram então carregadas pelas belas mulheres e deitadas nas camas sob as janelas. Gemendo com o vento sul.

Dudu

Cinco horas da manhã, a praça deserta, eu estava abrindo a banca quando vi que ele se aproximava meio bambo. Vinha da farra. Chegou e disse que queria mijar. Perguntou se eu sabia onde. Dei uma olhada na praça e apontei o Caldo Andrade. Era o único aberto. Pois ele desabotoou a braguilha, tirou o troço, mijou ali mesmo, ao lado da banca. Fiquei puto, mas não adiantava dizer nada. Ele foi se afastando pros lados da beira-rio, a sombra atrás, tão bamba quanto o dono. Peguei um balde, enchi no chafariz da praça e comecei a esfregar o chão, lavando o mijo. Quando o sol esquentasse ninguém ia agüentar a catinga e ninguém ia comprar jornal na minha banca. Pois de repente ele surgiu da quina da esquina, ainda mais bambo, me viu lavando o chão, teve um de seus costumeiros acessos de fúria. Espumava e rodava os braços ao redor da cabeça como um moinho de vento. Começou a berrar.

— Mijo de pai, perfume de rosas. Respeite o pau que te gerou.
Fingi que não era comigo.

Cromo

Uma casa num areal. Vicente encomendou caminhões de terra, plantou roseiras. A areia quebrou a terra, apareceram calotas brancas aqui e ali na treva. As rosas foram engolidas. Cortando os muros lagartixas cor de âmbar com olhos lisos de azeviche. Pela manhã o chão é um campo de batalha. Destroços de bichos mortos e os vivos, invisíveis. No banheiro mora uma mãe-rã com sua prole, que coaxa. Cigarros e cerveja. Pela cortina de plástico surge uma pata estrelada, ou um rabo trêmulo. As crianças dormem brancas dentro de cortinados. Os pobres se acotovelam nos mangues. Comem mariscos e alguns têm feridas na boca. Fico aqui ouvindo a terra espalhada que crepita. A areia que brota e se alastra como água. Um pássaro solta um assovio de homem. Perturbador. Tudo é compreensível. Mas no corpo a sensação verdadeira não dura. É avessa a descrições. E permanece ao largo, longe. Longe até mesmo da intransigência de Ana C. Mergulhou no espelho entalado entre as coxas o olho frio. Flagrante da carne engelhada e triste.

Os benfeitores

Desaguara por ali, em meio aos vidros partidos dos retratos, os fios arrebentados dos colares, cartas amarelas de folhas salteadas, missal gasto, trocinhos. A gengiva inferior lisa, os dentes dançam, usa corega mas não segura nem assim. Rouba remédios pé ante pé durante a insônia, vigiando o ranger das portas, as tábuas soltas. Dopada, aderna para um lado. Boca torta. Pede um lápis cinza para sobrancelhas, preto não combina com sua tez. Argumentam que ela não tem dinheiro.
— E minha pensão?
— Pensão? Que pensão?
Grita sem parar que está sendo roubada, que ninguém paga o pão que ela come todas as manhãs, graças a Deus. Depois esquece, sossega. Uma manhã inteira implorando à empregada para arrancar com uma pinça os pêlos no queixo, que brotam espetados como pregos. Os benfeitores dão risadas e trocam olhares cúmplices.
— Vai arranjar um broto?
— Está é querendo homem.

Finge que não ouve o insulto. Ao menino agregado que faz caretas para ela e tapa o nariz por causa do cheiro de amônia em suas saias.

— Seu preto.

Tapa na cara da retardada que imita seu andar e rouba migalhas de seu bolso. Não permitem que segure a última criança nascida.

— Está maluca? Você não pode. Vai acabar derrubando.

Se refugia no beliche do quarto dos fundos que divide com a empregada. A criança brilha dentro dos olhos fechados, branca e dourada. Chora.

— Está é doida — concluem os benfeitores.

Inventa uma cara tranqüila pela manhã, controlando os tiques que repuxam a boca.

— Bom dia para todos.

— Que novidade. E onde está a noite horrorosa? E o medo?

Estremece, decifrada. Pois tem medo dos espíritos. Da noite. Tem medo de não dormir. De ladrão. Do cão que arrancou um naco de seu rosto quarenta anos atrás. Uma tarde inteira implorando.

— Tirem este cão daqui.

A cabeça rola de um lado para outro no travesseiro. Uma menina compassiva explicando durante horas.

— Não tem nenhum cão. Isso foi há muito anos.

Mas de repente compreende, concorda, passa o resto da tarde espantando o cão até que a velha sossegue e adormeça. Todos os dias, o pedido de socorro.

— Me ajudem. Sinto uma dor atroz.

Os benfeitores se entreolham, riem.

— Não é atroz. É atrás.

Fala sempre aos brados.

— Também está surda?

— Não estou.

Era por causa da dentadura que não segurava nem com corega. Contava histórias à menina, mas agora esquece o marido morto, os bailes, os vestidos da última moda recortados de strass.

Olha perdidamente os galhos verdes da caramboleira que arranham a vidraça da janela.

Sua grande mágoa: a outra menos velha, quando morreu a mais velha de todas, juntou os retratos de família, fez uma fogueira no quintal e anunciou.

— Acabou-se.

Amor

Chegou de táxi. Perdera-se pelas vielas, havia anos não o procurava. Inesperadamente a casa surgiu de um vão do nevoeiro. O jardim estreito, a lixeira erguendo-se vazia no passeio. Chamou e ele atendeu, sem demonstrar surpresa. Você está esquisito, cortou o cabelo, ela disse. Cortei, ele disse, quanto tempo passou? Na sala fumavam crack num cachimbo branco como de brinquedo, e jogavam cartas. Mediu sua mão pela dele conforme senha antiga, palma contra palma. Verificou aliviada que continuava a sobrar uma falange além de seus dedos, contidos naquela mão. Fugiram para as ruas em busca de cerveja. Bares fechados. Um homem baixando a porta de aço concordou em fornecer algumas latinhas de Antarctica, solenemente economizadas por todos, de volta à casa. Felizes, continuaram a fumar. Sabe que você é mesmo maluca, ele disse. E você vai ficar de pau mole com tanto crack, ela retrucou. A cama era um colchão estreito no assoalho. Ele conferiu como sempre a linha curva do pescoço, a escala das costelas, uma a uma, até mergulhar no talho fundo da cintura. Ela disse, vou cortar os peitos, cresceram muito, é da idade. Mas é bonito, ele disse, aconchegando na palma um seio quente como um ovo recém-posto. Ela adormeceu vendo estrelas negras sobre cactos batidos de areia. O vazio da ausência de luz.

Algaravia

Depois de passar a noite na mais fria cela da delegacia de polícia de Diamantina, o Cientista Francês, credenciado pelo Itamaraty e pelo adido cultural da França para pesquisas de geologia, disse, com o nariz sangrando, que o tratamento que recebera da polícia não era admissível nem no mais atrasado país africano.
O delegado deu de ombros e confessou não se preocupar nem um pouco com o que o Cientista Francês pudesse dizer do Brasil no exterior, pois o prendera porque tinha bom coração. Quisera apenas livrá-lo de ser linchado pela multidão enfurecida. Afinal, todo brasileiro tinha senso de humanidade. Fora detido, criminalmente identificado, e só não responderia pela agressão à jovem diamantinense porque a Justiça estava em recesso. Era verão.
O Cientista Francês gesticulava e falava uma algaravia que ninguém entendia. Sua ficha, também misteriosa para as autoridades locais, dizia que era catedrático de mineralogia na Escola de Paris, secretário-executivo do Ministério do Desenvol-

vimento Industrial, e estava no Brasil em missão oficial. Bom. Fato comprovado, isso sim, era que provocara um tumulto às dezoito horas de quarta-feira em frente à drogaria Diamantina, que tem cristais de rocha expostos na vitrine. A cidade inteira serviu de testemunha. Ocorrência indiscutível. Trouxeram a professorinha de francês, que prestava muita atenção de testa franzida e que foi traduzindo aquele discurso emocionado: enquanto esperava para comprar perfumes, o Cientista Francês deixara sua bolsa em cima do balcão, indo filmar as pedras. Alguém esbarrou nele. Disse então ter se lembrado das recomendações que ouvira em Paris sobre esse truque dos assaltantes chamados trombadinhas. Ficou em pânico, pensando nos documentos oficiais e anotações da pesquisa que guardava na bolsa. Anos, muitos anos de pesquisa. A primeira pessoa que avistou foi uma jovem requebrando de modo suspeito, a quem perseguiu feito uma flecha. Foi então que começou o mal-entendido. O Cientista Francês não falava português, ninguém entendia aquela língua extravagante, ele estava exasperado e sacudia a moça pelos ombros. Todas as pessoas assumiram a defesa da jovem, agredida por um homem alto, forte e aparentemente transtornado. Os soldados se aproximaram e, segundo o delegado, salvaram o Cientista Francês do linchamento, levando-o para a cadeia. Sobre o nariz sangrando, ninguém sabia explicar. Talvez o frio de Diamantina, apesar daquela época do ano. A direção do Hotel Tijuco, preocupada com a própria reputação, buscou consolar seu hóspede ilustre enviando à cadeia uma marmita de quitutes típicos, que o Cientista Francês dividiu com seus dois companheiros de cela. Estavam esfomeados por terem sido obrigados a devolver a comida estragada servida pela polícia.

Libertado, o Cientista Francês comentou, sempre seguido pela professorinha, que poucas horas antes de ter sido preso fora almoçar no restaurante Dália. Cercado por crianças famintas que pediam pão, instalou-as a seu lado na mesa. O proprietário aproximou-se de cara fechada e o advertiu de que não poderia fazer aquilo. Comprometia inteiramente o ambiente familiar do local. O Cientista Francês externou sua estupefação, pois estava pagando, o dinheiro era dele, ninguém podia se meter com seus eventuais convidados. Mas as crianças passaram a agir de maneira estranha. Tremiam como varas verdes olhando sem parar na direção da porta, o que será que esperavam?, e ele mesmo achou prudente que saíssem. Mas deu a cada uma quarenta e cinco francos para se alimentarem em algum outro lugar. Um dos meninos, na ponta dos pés, cochichou em seu ouvido — e ele entendeu tudo — que a mãe não comia havia três dias. *C'est un étrange pays*. É um estranho país, traduziu a professorinha de testa franzida, enquanto o Cientista Francês demonstrava toda a pressa do mundo em voltar a Paris. Sentia atrás de si, nos calcanhares, confessou, uma falange de demônios. *Une phalange de démons*. A professorinha embatucou. Falange, falanginha, falangeta.

Olha

a doida profundamente, como se mergulhasse. Olha a doida sentada à mesa, o braço curvo, escurecendo nas pregas, carne frouxa e pêlos cinzentos, a mão largada como um pano, unhas que sangram roídas no sabugo. Os peitos estão dobrados ponta com ponta. De repente a doida solta um grito de júbilo. Pula da cadeira num repelão, arrasta o corpo com as pernas musculosas de tanto caminhar em círculos pelo quarto. Esbarra nas grades, volta. Retraça o caminho. Na boca a língua avança, um único dente fino como uma agulha e que dói ainda, dói muito.

Cromo

No domingo de Páscoa viu um mar de braços lutando pelo pão. Soube que desde o século XIX o termo Bálcãs, de origem turca, queria dizer montanha. Assistiu à menina no Texas amarrando fitas amarelas em homenagem ao prisioneiro de guerra de seu país. Ouviu as explicações sobre o bombardeio por engano de um hospital. E o pranto da mulher que dava à luz um bebê com quem sonhara — disse — por seis anos. Foi informada de que a criança albanesa resistiu a ser levada para o abrigo antiaéreo porque estava assistindo às Tartarugas Ninjas. Também foi informada de que todas as previsões da guerra estavam contidas na teoria dos jogos. E ouviu Altman explicando aos interessados a semelhança entre seu novo filme e uma rosa. Simples na aparência, porém o enredo se duplicava como as corolas dobradas da flor.

Dudu

O pecado era grosso e fiz uma promessa de cem novenas para combinar. Mas nunca terminei. No oitavo dia, que mistério!, dava uma retreta. Ou bebia demais na véspera, ou acordava tarde, ou uma porrada de coisas e tinha de começar tudo de novo. O cachorro da casa pegada à igreja, uma verdadeira fera, nem latia mais quando eu passava. Já estávamos íntimos. Sempre encontrava Pezinho, uma carola bem velha que andava dez para as duas, cada pé prum lado como se estivesse dançando balé. Daí o apelido inventado pelos moleques de rua, que iam atrás dela infernizando. Pezinho era magrinha e fininha como uma vela. Vela apagada, claro. Acho que se alimentava estritamente daquelas hóstias sem sal. Vivia na igreja, casaquinho cinza bem surrado, frouxo e curto, levantando atrás na cintura, sabe como é. Além disso cheio de furos na lã. Sempre que eu saía ou entrava na igreja encontrava Pezinho. Um belo dia vi uma barata passeando pelas costas do casaquinho surrado. Achei estranho porque era dia claro e baratas são bichos de hábitos noturnos, você sabe. Pelo menos têm esse bom gosto. Li não sei onde que nossas baratas vieram da Ásia nos barcos mercantes. Outra praga do colonialismo. São também da mesma família dos grilos e gafanhotos, pasme, mas acho que há um engano nisso e que elas pertencem mesmo à nossa família, à família dos homens. São canibais, devoram seus semelhantes. Além daquele bafo nojento que estraga tudo o que toca. Agora, aquela barata devia estar bêbada, descrevia curvas e mais curvas pelas costas da velha, cai não cai ombro abaixo — imagine o abismo para a dimensão de uma barata. Tive um impulso de solidariedade, veja só, não com a barata, mas com a mulher e chamei, mas ela era surda como uma porta. Tentei abanar o casaco, mas a barata percebeu logo, é bicho inteligentíssimo, correu e sumiu por um daqueles buracos. Escondeu-se lá dentro, no quente. Pezinho nem notou. Acho que até hoje aquela barata mora lá com sua ninhada, chego a sonhar com isso. Pelo tempo, os filhotes devem estar todos bem crescidinhos e produzindo outras baratas em série, como é muito natural.

Ele

gostava de cabacinhos, que na minha terra chamam de galheto. A qualquer hora do dia anunciava,
— Acabou de chegar um galheto lá no Paraíso Perdido.
Era o nome do bordel mais famoso da cidade, perto da estação de trem.
A irmã horrorizada.
— Mas o que é isso. Como é que pode. Uma criança morta de fome.
Também sacaneou a vida inteira o filho moreno porque preferia os claros, passados na calda fina de seu sangue de imigrante. Tiçuno, sussurrava entredentes. Tiçuno. Mas o melhor esporte era mesmo caçar mulheres cada vez mais novas. Acabou comendo por engano a filha de nove anos, que morava longe com a mãe numa pensão da rua do Vieira. Na verdade não comeu bem. Estava velho demais, faltavam-lhe dentes e a carne da menina era excessivamente dura.

Nós

1. DIÁLOGO COM UM MENINO DE OITO ANOS

— Sabe que eu gostava muito de seu pai?
— Se você gostava, você nunca gostou. Você está viva, então você gosta. Ele é que não gosta mais de você, porque está morto.

2. MENINA DE DOIS ANOS

à porta da cozinha, apontando a lua nova.
— Olha lá no céu, olha lá a unha que eu acabei de roer.

3. MENINA DE TRÊS ANOS, FABULANDO

Era uma vez uma meninazinha que tinha uma mãe sempre saindo de casa. Então um dia ela estava muito cansada de tudo e fugiu. Chegou na esquina e viu uma velha muito feia. Pensa que a velha era má? Não era não. Era uma velha muito boa. Deu a mão à menina e levou elazinha para a cidade do boi. Mas na cidade do boi a meninazinha ficava também sozinha porque a velha tinha que ir para o campo tirar leite da vaca. Outro dia a meninazinha estava outra vez cansada de ficar sozinha. Foi procurar a velha no campo. Então veio um boi bravo para comer as duas. A velha, já disse que era muito boa, deu a mão à meninazinha e correram, correram, correram. Então a velha que era muito boa, o boi agarrou, deu uma chifrada e matou. Aí ficou tudo escuro e acabou a história.

4. MENINO

Desce do sofá de costas, segurando firme. Quando os pés alcançam o chão, solta-se. Pam. Engatinha pelo assoalho. Um pedaço de miolo de pão entre as frinchas. Come. Um grão seco de arroz sob a poltrona. Come. Uma minúscula construção de pêlos e poeira, transparente. Não se interessa. Atinge a varanda. Ruflar de asas. Um pombo entra pela janela, aterrissa à sua frente. Encaram-se. A manhã se detém. Novo ruflar de asas. O pássaro levanta vôo, dá corda outra vez no dia.
— Ah.
O rosto erguido, cego pela luz. Um fio de baba escorre do canto da boca, contorna o queixo, pinga no ladrilho. Deixa um rastro prateado, como os caracóis.

5. INFÂNCIA

Gemidos alta madrugada. A menina cobrindo a cabeça com o lençol suando frio. Pior do que a promessa da cigana à beira-rio roubando crianças pra esconder debaixo da saia. Adeus para sempre. No esconderijo atrás da porta. E a camisola torta brilhando de cetim errando alucinada pela casa esbarrando nos móveis. Ela se batendo nos peitos com as mãos fechadas e ele atrás fazendo juras dizendo que não que não. Atrás da porta. E seu tristíssimo rosto castanho e branco passando pela vidraça como a lua atrás da nuvem. E ele perfumado com Madeiras do Oriente rindo e asssegurando que ia mesmo jogar um carteado com os mesmos amigos naquelas mesmas tardes de domingo.

Sonho

Décio de Almeida Prado sabia do segredo: a morta estava viva. Flora escreveu um livro chamado Teresa.

Solo

(Uma mulher à janela de um edifício. Imóvel. O exterior forma um painel composto de outras janelas com vidraças espelhadas, onde seu rosto se multiplica. Ela fala para alguém fora do campo de visão.)

Estou aqui há séculos. Séculos. Olhando a Caduca. (pausa) Por uma questão de método. (pausa) O editor foi claro, impôs o método e as epígrafes. O método ainda passa, embora absurdo. A partir de um dente construir a mandíbula inevitável. (pausa) Ora. Mas as epígrafes... (pausa) Ultrapassadas, completamente arcaicas. Decadentes. (pausa) Numa só palavra, ne-ga-ti-vistas. Iam acabar criando uma tremenda polarização rancorosa. (pausa longa) Lá está a Caduca. É por aí que tenho de começar, se obedecer ao método. Só que não vejo como. (pausa) O pior é que nessas situações a mesma imagem me persegue. (pausa) De cócoras desovando o pensamento. De cócoras. (pausa) Como uma galinha. (pausa) Sinto um arrepio, um arrepio. (repentinamente irritada) É mole ficar olhando a rua imaginando um meio de convencer a Caduca? A idiota nem se digna a abrir a boca. (pausa) Morro de tédio olhando essa calçada coalhada de gente esmolambada. Apesar de toda a arquitetura antimendigo. (ardorosa) Que muitos negam, hein? Negam. Querem apenas evitar que esses infelizes párias da sociedade realizem suas necessidades fisiológicas às escâncaras. (pausa) Como a Caduca. (pausa) Às escâncaras. (professoral) Estamos no amanhecer de uma nova era, porém não em seu esplendor. (pausa) Será que é essa a chave da utopia do possível? (desanimada) Acho que no limite terei de abandonar o jornal. Um jornaleco que bóia no vácuo da pura negatividade, cheio de gente ressentida que perdeu o bonde do futuro. (pausa) Há anos debaixo de minha janela, sentada na calçada. Até aí normal. (pausa) Normalíssimo. O caso é que fica de costas para a rua, com a cara a um palmo da parede. Não sei a que horas sai para catar comida no lixo ou cagar. Isto é, realizar suas necessidades fisiológicas a escâncaras. Deixando logradouros públicos com cheiro fétido, atraindo baratas e ratazanas. De-pri-men-te. (pausa). A mandíbula inevitável, o crânio obrigatório, a coluna vertebral decorrente. (pausa) Realmente é demais. (pausa longa) Imóvel. Como o ser, sendo absolutamente não-ser. (risadinha) A Caduca é a melhor prova contra Parmênides. (professoral) O ser é imóvel porque só se poderia mover ou no ser ou no não-ser; no ser é impossível, porque o ser se confunde com o ser, e no não-ser também porque o não-ser não é. (suspiro) Pois é, imóvel e apesar disso não-ser. Que revolução filosófica! (pausa) Quer um pouco de privacidade. Isso disse ontem um sabidinho que passava. Conclusão: atrapalhou inteiramente meu raciocínio. No instante preciso em que eu tirava conclusões. Agora já esqueci. Acho que foi de susto. (pausa) Como fedia! A roupa imunda com restos antigos de comida. Os olhos abertos pregados na parede. (intrigada) Mas o que é que tem aquela parede? (pausa) Tenho de aceitar o óbvio. Completa incomunicabilidade. (pausa) Por que ela não se alista no exército industrial de reserva? Aliás vastíssimo? (pausa) Deviam fazer um *book* de quem é quem no lumpemproletariado brasileiro. A Caduca tiraria o último lugar. Ou o primeiro? (pausa) Acho, e aliás não estou sozinha, que o conflito é mesmo cultural e não econômico ou ideológico. Claríssimo. (pausa) Por isso já fiz minha opção. (pausa) Porque — o que nos falta, ora essa? Um povo comunicativo, alegre, receptivo? Só temos de procurar a coerência, apenas isso. (emocionada) Temos a fé que move montanhas! Que Deus dê ao Brasil... (hesita) Ora, deixa pra lá. (cantarola distraída) "Bebida é água, comida é pasto, você tem sede de quê? Você tem fome de quê?" Ah, o Carnaval. O Carnaval é o Desejo como Futuro. Quem será que disse isso? (pausa longa) A mandíbula inevitável. (desdenhosa) Nossa fracassomania tem longa data. Se tem. Nesse aspecto, o editor é o morango da torta. (pausa) Eu não, eu resolvi partir para a prática. Pois é. (pausa longa) A recepção estava cheia de intelectuais. Um pouco barulhentos, é verdade, mas isso corre por conta de uma superioridade natural. Desde Aristóteles, aliás. Sempre fui boa em filosofia. Superioridade na-tu-ral. (pausa) Fui logo fazendo a tal pergunta ao Assessor Direto. Sabe o que aconteceu? Entre dois goles do melhor uísque ele vociferou que não mandava me prender porque seria uma atitude arcaica, absolutamente arcaica. Que não cabia no Brasil moderno. O Governo, ouviu bem?, o Governo sempre esteve comprometido com o futuro. (pausa) Os cães ladram e a caravana passa. Passa sim. (pausa) Além do mais uma festa finíssima, ele todo ocupado. (pausa) Espreitava interessadíssimo um peitinho — daí a impaciência —, um peitinho nascendo de um decote, como a lua nova atrás do monte. (suspiro) A lua nova. (pausa muito longa) Desovando de cócoras. É. (outra pausa longa) Acho que sou obrigada a desistir. Não tenho competência para construir a partir de um dente — que é sem dúvida alguma a Caduca, é ou não é? (pausa) Não posso a partir de um dente construir a mandíbula inevitável, o crânio obrigatório, a coluna vertebral decorrente e, osso por osso, o esqueleto da besta.

(Uma campainha soa. A mulher sai da janela. As vidraças espelhadas brilham vazias.)

Pássaro.doc

A voz vinha de muito longe, embora perfeitamente audível. Entretanto bateu o telefone gritando que não se ouvia nada, não se ouvia nada naquela droga de país. Depois ligou para todo o mundo mas os telefones estavam ininterruptamente em comunicação. Começou a busca desesperada a uma carta e a uma foto antiga. Uma carta que tinha guardado entre as páginas de um livro cujo título esquecera. Acabou por esbarrar numa pilha que caiu com estrondo, arrastando objetos que se espatifaram e os livros ficaram espalhados no chão misturados aos cacos. Lembrava-se do final de uma frase: uma pequena lembrança para quem está tão longe de mim também. Sentou-se, ficou imóvel. Depois gemeu e disse alto, me ajudem, embora não houvesse ninguém à vista. Do horizonte vinha aquele pássaro azul e doido. As asas brilhavam úmidas. Não é brincadeira perder um filho, disse o pai. Recuperou assim o filho morto como filho, que não era. A narina esquerda desenhada pelo friso de sangue coagulado, o bigode um pouco ruivo torcido pela gaze apertada ao redor do rosto ferido. Espelho baço, aqueles olhos. Alguém apalpou a cobertura de flores do corpo, a investigar se ainda sobrara corpo. A memória debateu-se, boiaram destroços. Do que restou, como compor um homem? O filho entrou tropeçando nos bancos e gritando: como pôde fazer isso comigo, eu que te adoro tanto. Dúvidas perturbadoras no balcão da funerária. Cem era muito caro, cinqüenta muito pouco, com o irmão sobrevivente escolheu uma coroa de setenta. O amor e a saudade de sua família, escreveu. Sua ou nossa? Ficou nossa. Vinha azul e doido e se esfacelou contra a asa do avião. Nauseante o cheiro das flores que apodreciam mortas com o calor. Foram comer pastel no bar. Venderiam naquele instante a alma por um copo de cerveja. Finalmente estava deitado ao ar livre ao cair da tarde como uma folha. Em seguida enterrado na sepultura da mãe que anos a fio regara de lágrimas, escovara com sabão em pó, detergente. As coroas foram dispostas pelos funcionários em forma de leito, com seu travesseiro de folhas e flores. Mas o leito estava vazio e ele, embaixo. Como o cemitério está abandonado, sussurrou uma tia, dolorosa. Abandonado?, retrucou o pai, cada dia vem mais gente pra cá. Isso é o resultado da falta de religião, disse outra. Iniciaram uma discussão e quase se atracaram. Sofriam. Vinha soprando uma brisa fresca do Paraíba do Sul. O cortejo começou a se dissipar. Pensou: tão longe de mim também. Azul e doido. De repente começaram a brotar crianças esfarrapadas de trás dos túmulos. Imploravam moedas. Qualquer moedinha servia, iam ajuntar e depois tomar café com pão na esquina, pois estavam com fome.

Cromo

Em abril de 1984 havia uma praia varrida pelo mau tempo. Um morto ainda vivo na memória flutuando na linha do horizonte para além das ondas que batiam. Estrelas afogadas em nuvens escuras, ou quebradas nos sargaços misturadas a conchas vazias. Um jogo de bola. Uma fogueira engolida pela areia. Música barata espalhada pelo vento. A lona de uma barraca estalando e gemendo. Vultos imóveis dobrados na maresia. Pássaros arrepiados. Um choro de criança. A cantilena monótona de uma mulher completamente desesperada. E o noivado de dois cães engatados sobre as dunas.

Rol
(Inventário anacrônico)

A MÁGICA DO RANCOR

o morto salta
vívido
da manga

BRAVATA

Trato saudade ou depressão a tapa.
É preciso chicotear essas vadias.

MÃE

é como o boi
até os chifres se aproveitam

QUEREM

calar a morta
enlouquecer a morta
dopar a morta
mas a morta
um dia salta o muro
um dia telefona
a morta voa
inteligentíssima

EXPERIÊNCIA INCOMUNICÁVEL

o minuto preciso em que a dor
rói
(como um rato)
o resistente vidro da lágrima

A MORTA

salta
da caixa torácica
a gargalhada brilha
se você pedir o peito não sei se tem leite
mas ela dá

OS MORTOS

que passem longe de minha porta

BICUDA

*É por causa de uma pedra assim que aponta o norte
por cima do rio. De manhã o rosto flutua sobre a relva
seguro pelos fios invisíveis das aranhas entre os alambrados.
O rosto se desloca rompendo a máquina fina do tear.
Terra de etiquetas. Os urubus ainda dançam antes da chuva.*

VERA NO JARDIM

*vestido de chuva cabelo de chuva preta
rosto de vento invisível
mancha amarelada molhada da cachorra chamada Madona
mãos que surgem de repente
correm o trinco
desaparecem*

A VOZ

*insistia como em um de seus poemas
escorria pelo meio-fio de uma rua comprida
que saía do lado dos Correios de costas para
o mar contornava a praça em festa (osso do
coração) e se estendia até um jardim indeciso
das sombras que estalavam no sonho e que ele
afirmava semelhante à Índia (talvez à ventania
no terraço de Gaudí). A voz entretanto só podia
ser vista mas não ouvida. Só podia ser vista na memória
mas não ouvida.*

Real virtual

As polícias de Mato Grosso do Sul e Ceará concordaram que ele devia ser o mesmo pilantra que costumava penetrar às horas mortas nas empresas e escritórios, viciado nos sites amorosos da Internet. Impossível descobrir a razão dos arrombamentos, pois nada era roubado. Só mataram a charada quando surpreenderam o desatinado com a boca na botija. Entretanto fugira alguns dias após a prisão, tendo confessado a experiência indescritível de uma ereção simplesmente provocada pela luz. Sorrira: e com o mesmo peso, uma e outra. Os arrombamentos explicavam-se por exigência da sofisticação do vício que, como todos sabem, se inflama com o fruto proibido. Com trinta e oito anos, era separado da mulher, tinha uma filha de sete e estava desempregado. Entretanto o quadro que agora preocupava as polícias dos dois estados era outro. Sabiam de tudo, mas o pássaro batera as asas juntamente com sua companheira, que vencera a celebrada luz e se pusera a seu alcance, em carne e osso. Conheceram-se pela Internet, tendo ficado provado que se comunicavam em média oito horas por dia. Tempo havia de sobra, pois estavam ambos desempregados, ele ex-contador e ela, quarenta anos, ex-modelo fotográfico. Foram vistos a última vez impecavelmente vestidos num hotel cinco estrelas em Natal. Descobriu-se que ele tinha contra si, além dos arrombamentos, um mandado de prisão preventiva por não pagar a pensão alimentícia da filha. A ex-mulher o acusava de não procurar emprego, eternamente petrificado por aquela tela-medusa. Descobriu-se também que se apresentara pelo computador como um rico fazendeiro, enviando como provas fotos de uma fazenda e de um jatinho com o nome *Stella* gravado na asa direita. Por incrível coincidência era esse mesmo o nome da ex-modelo, que ficara transportada, vendo nisso um aviso dos céus. Por sua vez, ela enviou ao namorado fotos de quando estava vinte quilos mais magra. Antes da viagem ele a pediu em casamento, ofereceu-lhe um lindo anel que cintilou na tela, prometendo que a cerimônia seria ao estilo cigano, com tendas e cavalos. Além disso o ex-contador recomendou a Stella que comprasse roupas e passagens aéreas para ambos. Ela usou seu cartão de crédito, fiando-se na promessa de que o noivo cobriria a despesa três dias depois. O casal ficou hospedado por uma semana numa suíte com vista para o mar, diária de trezentos dólares, tendo sido pedido serviço para lua-de-mel com champanhe e frutas. Quando começaram a chover cheques sem fundo, alguns com assinatura falsificada, todos se desesperaram com o prejuízo e se mobilizaram para encontrar o casal. As polícias apertaram o cerco, vasculhando cidades, penhascos e areias do mar. Os parentes da ex-modelo aventaram a hipótese de seqüestro (mas por que, se nenhuma das famílias tinha dinheiro?), enquanto os românticos preferiam a tese do suicídio: teriam pulado abraçados do alto de uma falésia para aquelas ondas, salgadas como lágrimas de apaixonados. Hipóteses à parte, toda ação provou-se inútil. Segundo opinião de um velho investigador, levemente invejoso, para sumirem assim os dois deviam ter tomado o primeiro expresso (claro, de luz) em direção a outro qualquer planeta — quem sabe estrela? — de nosso sistema solar. Lá não existiriam cheques, muito menos desemprego, pela simples inexistência da necessidade de trabalho. Stella, toda gordinha, devia àquela hora estar convertendo o ex-contador a outro delicioso vício que costumamos chamar, por enquanto, de real.

Sujos e malvados

Do lado de fora, um negro trepado numa escada pintando a parede. Dentro, uma sala repleta. Entram um homem e uma mulher de rosto contraído.

Ele — A universidade já está providenciando a restauração do prédio. O diabo são as verbas.
Ocupam a mesa sobre um tablado diante da platéia.
Ela — Não precisa de microfone, fica mais acolhedor, não é?
Começa a ler um maço de folhas trêmulas.

— A idade vai de dezoito a trinta anos no máximo, setenta por cento são migrantes e quem fornece eles são as empreiteiras. O canteiro de obras abriga oitenta por cento dos moradores porque eles não têm aonde ir. O espaço é fechado e absolutamente controlado. Os engenheiros justificam que é por razões de segurança e proteção do próprio trabalhador. Os agentes de segurança são ex-policiais ou ex-criminosos providenciados pelas empresas. Se levantam às cinco e meia, às sete dão início ao batente, às onze almoçam, às treze recomeçam e vão até a hora do jantar às dezoito. Também fazem a

dobra, isto é, trinta e cinco horas seguidas com oito de descanso. O local onde eles têm os pertences fica trancado, não podem lá voltar em momento algum do dia. A empresa diz que é para evitar furto e briga de faca, pois são muito violentos e sem princípios. Os agentes de segurança ficam circulando ou parados numa torre, de olho neles. O número de acidentes é muito alto. Quando é no quebra-quebra dizem que é acidente de trabalho, quando é acidente de trabalho dizem que é atropelamento. Antes do quebra-quebra os operários botam fogo no alojamento, a empresa então faz o rol dos prejuízos pra descontar do salário. Foi quando eu soube que no meu canteiro, isto é...
A mulher se cala constrangida. Olha o homem. Ele vem em seu socorro.
— Não se incomode, não se incomode, eu também falo dos meus índios, significa simplesmente identificação com o objeto da pesquisa.
Ela continua.
— No meu canteiro tem quarenta e três alojamentos para cinco mil trabalhadores. Os alojamentos são de madeira ou casarões desapropriados da área. Os grandes quebra-quebras só se fazem a partir de reações individuais, ou de pequenos grupos. Teve um porque eles queriam mulher, igualzinho àquele filme de Fellini, *Voglio una donna*.
Com ar sonhador.
— *Voglio una donna!*
Toma um gole d'água.
— No Ano-Bom teve um quebra-quebra feio, os operários chegaram a guardar uma galinha podre num saquinho de plástico como prova da péssima qualidade da comida. Mas a empresa diz que a ocorrência se deu devido à preferência que essa gente tem pelos barraqueiros ambulantes, que também

vendem cachaça, pois a maioria é irremediavelmente viciada. Por incrível que pareça o delegado soltou o preso tido como cabeça da rebelião e até disse assim, volte sempre, aqui pelo menos você vai ter um prato de comida.

O homem intervém.

— Não nos esqueçamos que era Ano-Bom, uma data de importância ritual em nossa sociedade.

A mulher continua.

— Na inauguração do Teatro Municipal pelo presidente Geisel teve outro quebra-quebra, ainda por causa de comida. Um operário também foi preso e mais dois populares que iam passando no momento e que aplaudiram a desordem. O DPPS disse que eles eram agentes subversivos tchecos, que além do mais tiram a iniciativa dos operários brasileiros. Gente de etnia diferente só atrapalha.

O homem intervém outra vez.

— Convém notar que em sociedades altamente repressivas como a nossa o quebra-quebra é também dentro, quer dizer, psicológico, indica sempre uma situação conflitiva, e a sociedade brasileira parece avessa ao conflito.

Lá fora o negro começa a cantar "Aviso aos navegantes", de Baden Powell e Paulo César Pinheiro. A mulher enruga a testa, o homem se levanta de um salto e ordena a um contínuo que corra lá para o negro calar a boca.

Cartinhas

PRIMEIRA

Aí vai esta folha seca encontrada no areal. Sei que você vai gostar. É uma pequena lembrança para quem está tão longe de mim também. Há notícias boas e ruins. As boas não têm novidade. Agora vão as más. Ercília faleceu e foi enterrada na sepultura de Betinha. A família ficou chateadíssima, como se ela não tivesse sido casada um dia com Vicentinho. Fui chamado uma semana depois para explicações sobre a invasão do túmulo. Aí fiquei sabendo que o famoso túmulo já não era mais nosso. Parece novela, mas dois meses depois morre Vicentinho, e aí começou a verdadeira briga. Em que sepultura enterrá-lo? As irmãs não queriam perturbar a paz de Teresa, que está fazendo companhia a vovó. Elizete não queria o pai com Ercília, por quem ele largara sua mãe Conceição. Onde enterrá-lo? Com a mãe do morto? Com a segunda mulher seguida da primeira? Ou com a amante? No final acabou ficando com a própria mãe, perturbando a paz de Teresa. Não deixa de ser engraçado perceber que os vivos acham que os mortos estão vivos. Mais que vivos, fiéis aos aborrecimentos da terra e chateadíssimos com a chegada de outros mortos. Deveriam ficar contentes, quer dizer, os mortos. Isso se eu achasse que os mortos estão vivos.

P.S.: li no jornal de hoje que Niterói significa Águas Escondidas.

SEGUNDA

Estive em Campos no último fim de semana. Levei tia Bebé e tia Zélia para estarem com tio Vicentinho, que não andava nada bem. Tia Bebé visitou-o no sábado na Santa Casa e ele morreu na madrugada seguinte. Fiquei muito tocado. Deu uma merda geral porque não queriam que ele fosse enterrado junto com mamãe, tio Reinaldo, Bruno, vovó e Teresa, morta há dois meses. A Elizete estava tratando de tudo sozinha e achou que não tinha nada demais enterrar o pai junto com os que já se foram. Tia Marinela, líder da oposição, achava que ele deveria ir para a sepultura de Ercília, afinal tinham sido marido e mulher. Enquanto isso, tio Vicentinho, impassível, esperando. Todo fantasiado de morto, só faltavam os sapatos. Imóvel. Acho mesmo que foi sua última irreverência. Papai acabou entrando definitivamente na briga. Bruno era filho? Não era. E estava no túmulo. Teresa por acaso era santa? Nesse caso teriam de avisar ao Vaticano. Acabou dando ordens ao encarregado do cemitério. Embalsama o morto enquanto a gente espera a decisão dessa família de malucos. Mas o melhor é cremar. Absurdo um terreno tão grande virar horta de almas. E por que não fazem edifícios para os favelados, em vez de cavarem covas? Morreu, morreu, acabou-se. Imagine você a cara dos funcionários. Coisa surreal.

Aí começou a inana. Fomos à casa do responsável pela Ordem Terceira do Carmo. De lá tocamos para a Igreja também do Carmo. Lendo o livro antediluviano de capa preta me deparei com o insólito. Todo o mundo de nossa família está sepultado irregularmente (veja você, até depois de mortos!), porque só existe *uma* sepultura: a de vovô, acompanhado de tia Lulu e Dedeco. Argumentei, como só uma? Se eu vim de lá agora e existem duas? Dei o nome de todos os enterrados que, segundo o funcionário — com um bigodinho atroz —, não poderiam estar ali enterrados. Era contra a lei. Era um equívoco. Sugeri de leve um suborno. Nada. Afirmou que ocorrência tão grave era assunto do prior. Toquei para a casa do prior. Mais uma vez me provaram contra todas as evidências que só existia uma sepultura, e que além do mais tio Vicentinho não era irmão professo da Ordem, o que tornava as coisas impossíveis. Quando eu já ia perdendo a paciência, o prior enxugou a testa com um lenço listradinho, sorriu de jeito indecifrável e inesperadamente assinou a permissão. Ora, se existe uma sepultura que legalmente não existe, o melhor é enterrar o morto ali mesmo, fazendo de conta que existe o que existe. Enterra e acabou-se. Levei o papel assinado correndo para o cemitério, antes que tio Vicentinho se levantasse para tomar umas e outras no boteco da esquina. Pensa você que acabou? Que nada. Os partidos se engalfinhavam quanto ao túmulo mais adequado para o morto. Elizete choramingava, onde afinal enterro papai? Decidi, enterra junto de mamãe e vovó, que ele adorava. Foi um mal-estar do caralho. A família achou que o túmulo de Teresa estava sendo profanado. Sobrou para mim no final. Todo o mundo anda chateado comigo. É mole?

TERCEIRA

casa na enseada

tem dois quartos sala e terracinho
sem frescura elevador ou telefone

os seres

o damião e a nice pertinho
o hélio os franciscos 1 e 2
o quiosque do olgair
o waldemar seu marino o anderson
a eva do consultório da lili
toda a turma do rufino

lugares

o supermercadinho do manolo quitanda loja de jornais e revistas farmácia e padaria

sentimentos

1. pela primeira vez na vida tenho a noção do que seja ser feliz sem qualquer excitação

2. verde e amarelo debilóides da pátria vivem momentos propícios para se exibirem

paisagem

faz sol e está frio
vôo das gaivotas
(na areia da praia tem maçaricos garça e outro pássaro marítimo cujo nome ainda não sei)

despedida

V. tan cara y tan lejana muita saudade e o grande beijo do O. C.

BILHETE

Dearest, cheguei de Brasília e encontrei sua carta. Tentei responder imediatamente (que história é essa de morte?). Rabisquei umas linhas, as linhas envelheceram. A "Modinha deslavada", nem consigo comentar, mas essa paisagem cinzenta, frustrante, lúgubre imediatamente povoou-se de pacas (aquelas) azuis, conforme as coloriu você e conforme devem realmente ser. Estou olhando agora um de seus monstrinhos, com seios roxos sob um objeto verde — com certeza o estômago ou o coração. Por favor, não morra.

Ema

Afirmavam uns que era bela, outros, a mais feia de quatro irmãs. O casamento só acontecera porque Irineu estava tomado de melancolia.
— É o diabo, Paulo. Me arranja uma de suas filhas. Preciso casar.
Era o diabo, todas já estavam comprometidas. Isto é, faltava Constância.
A explicativa alimentou controvérsias anos a fio. Seria pela falta de encantos da jovem. (Mas de jeitó nenhum!) Ou talvez se baseasse em circunstâncias aleatórias: nascera de pé como uma rebelde e tinha cabelos de fogo. (Versão de um jovem magro, completamente apaixonado cinqüenta anos depois.) Mas a quem sairia assim incendiada numa família de morenos? O pior — voz geral — veio depois. Suspendia a costura para ler e sonhar. A agulha picava os dedos, gotas de sangue se abriam no pano. Pela janela entrava um vento morno, os vapores da noite passavam entre os ramos. Parecia adormecida durante o trabalho, a não ser pelos olhos vagando no devaneio.

— Não faz mal, estou na precisão, levo a moça assim mesmo. Metida no oco do sertão, como teria sido a vida de Constância? Vida de mulher, sem tirar nem pôr (uma mulher). Um completo desespero (o jovem magro). Mas ninguém sabia direito. O certo era que teve duas filhas. Ou somente uma, tendo tomado a outra como filha de criação. A ida ao Rio, segundo uns, fora motivada pelos negócios de Irineu, que a levou consigo, com uma das filhas. Pela manhã, quando saía, ficavam as duas na praia de Copacabana. Horas esquecidas admirando aquele mar desconhecido dobrando suas ondas uma após outra. Dobrando e doendo e soltando aquela espuma fria, brilhante de sal. A idéia certamente teria vindo dali. Mas havia outra dúvida: quem de fato a acompanhara? Uma das filhas ou Dora, sua irmã mais moça? Alguns juravam verdadeira a cena do depoimento da jovem, que feriu a família como um raio. A carta brilhava nas mãos do pai — foram suas primeiras palavras —, e à sua vista quase desmaiou. Percebeu que estava perdida. Era, sim, de Constância. Dada por morta havia anos, na verdade morava no Rio de Janeiro e ganhava a vida como costureira da Escola de Samba Estação Primeira de Mangueira. Tudo começara com aquela doença, quem não se lembrava? Emagrecera, suas faces imitaram a palidez das folhas dos livros, seu rosto afinou. (Tinha então um andar de pássaro, os olhos enormes sob a chuva dos cabelos de fogo — o rapaz não desistia.) Mostrava-se triste e calma, até mesmo doce, mas qualquer pessoa a seu lado se sentia tomada por uma espécie de encanto gelado. Além disso, Dora ouvira de seus lábios uma frase enigmática: "atravesso florestas e a idade da razão em brancas nuvens". Em seguida veio a estranha sonolência. Seu mal, explicava, era uma espécie de nevoeiro na cabeça. Os médicos, lembram-se?, informaram: fisionomia contristada, tendência à depressão, sonolência aguda, curso normal de pensamento quando acordada, embora em acentuado bradipsiquismo e lacunas. Diagnóstico: reação situacional. Por isso fora mandada com a irmã ao Rio de Janeiro para se consultar com um especialista. (Duas mulheres viajando sozinhas nos anos 20? Não seria melhor a versão que incluía Irineu?) No Rio, Constância ficou desperta dias inteiros e atirou das escadarias do Corcovado sua echarpe colorida, que voou ao sabor do vento, acabando por se enredar nas ramagens da floresta. Lá ficou, tremendo como uma febre. Naquela ocasião mal tinha tempo de ler, parecendo tomada de furor. Até que um dia, na praia de Copacabana, disse assim: "Não volto mais". Dora confessou ter ficado em pânico. A irmã só dizia "sofro, sofro muito", e que ela se lembra de ter-lhe perguntado "mas não nascemos todos para sofrer?". Falou-lhe também da família, do grande desgosto que causaria. Mas eram apenas palavras. Palavras. Acabou cedendo. Deixaram ambas um montinho de roupa no areal, única ciência que sabiam de afogados. Constância foi embora com um sorriso e a roupa do corpo. Dora deu parte à polícia, conforme o plano, e a notícia saiu em todos os periódicos, guardados numa pasta de papelão como *recuerdo*. Ao voltar à cidade natal, já encontrou a família de luto. Uma versão dizia que o pai, espírita, afirmara estar viva a filha. Vira-a de branco às horas mortas, debaixo da caramboleira do quintal. (Impossível. Se estava viva, como aparecera feito alma penada?) De qualquer modo fizeram lavrar uma lápide posta simbolicamente por sobre a pasta de papelão. Não, não podia negar, passara a receber cartas da irmã. Cartas muito esquisitas. Estaria louca? Isto é, mais louca ainda? Recordou frases desconexas. "Até hoje, Dora, muitos são ptolomaicos e poucos copernicanos." Impossível compreender. Claro, também escrevera cartas, movida pela piedade, mas suas palavras sempre foram sensatas. Lembra-se também que fizeram uma sessão espírita em Casa de Nossa Mãe, e que o espírito da suposta falecida baixara na médium Simone, que tremia como varas verdes, balbuciando que a carne transmutava em nome de quem já dormia nos séculos. Ficara extremamente confusa e aterrorizada com aquele espírito, sem saber se a irmã estava viva ou morta, mas novas cartas de Constância sossegaram seu coração. A irmã jurava que agora, sim, era gente, sem sono algum, e que abandonara seu antigo estado de cerâmica (não entendi). (Mas como? — gritou o rapaz — é claríssimo!) Dora achava que tudo não tinha passado de um grande equívoco e que nada daquilo deveria perturbar a paz e a harmonia que deviam reinar numa família. Sem mais, pedia licença para retirar-se.

A única declaração que dias depois conseguiram arrancar da fugitiva, no morro da Mangueira, foi que Constância não existia mais. Morrera sem deixar traço. E que assim decidira por conta de um livro. Era sobre uma mulher que ao galope de quatro cavalos se deixara transportar sem dizer palavra para um país novo de onde jamais regressaria. Nesse ponto sorriu docemente.

A família retirou-se sem se despedir.

Cromo

A gargalhadinha estanca. O menino aponta a árvore, diz que é bonita mas não tem flor. Dá a mão à visitante, mostra o galinheiro, a cabana de Batman. Um gato de bigodes dourados, mirando de lado. À mesa pede guaraná. Comidinhas com cigarro. Por onde andará a Gil? Encontrei com ela em Paris. E ele? Desapareceu na festa de comemoração da passeata dos cem mil. Nunca mais. A bela conta a história do massagista cego. Ficou nua em pêlo e descobriu que ele não era cego coisíssima nenhuma. Tem um rosto de ferrugem branca, do lado de cá, do lado de lá. Cabeleira de estopa negra. As cadelas, mãe e filha, respiram forte, esgravatam o chão. No cio. O quarto onde nasceu o menino e que um dia ficará suspenso, intacto no ar. Lua minguante pregada na parede. Os beijos. E quadros fortes de J. Borges.

Dudu

Assim como eu gosto da minha cachaça ela gosta de sofrer

Ele

pensa no pai e chora. O pai que teria hoje cento e trinta e três anos. Que ia jogar truco na venda e que deitava o menino adormecido debaixo do balcão. O menino de quem não podia separar-se. Pensa em José do Patrocínio e chora. Pousaram a mão sobre a testa do morto, diz: como está frio este vulcão. Admira longamente as estrelas, explicando que daqueles campos pretos poderia vir o que nos livrasse da velhice e da morte. Lutando com a farofa. Os dentes mergulhados no copo, a borda de coral lambida pela água turva, o cheiro que embebeda, os pedacinhos de ossos.

Grupos de família

Procuro desesperadamente e em vão dois retratos muito pequenos, em preto-e-branco, metidos no transparente de uma carteira que se extraviou.

Um deles, instantâneo meio amarelecido, representava um grupo de mulheres jovens, duas crianças e um cão num campo de ervas altas e árvores ao longe. O outro, simples prova de foto, era a cena de um casamento, no instante em que o noivo colocava a aliança no dedo da noiva. Duas meninas vestidas de damas de honra completavam o quadro, uma à extrema direita, fundindo-se quase ao limite do papel. Seu rosto estava inclinado em direção ao peito e ela parecia absorta, séria, cachos louros dando-lhe pelos ombros. A outra, mais velha, à esquerda, fora colhida em cheio pelo jorro de luz que invadira a lente no instante do flash. Em conseqüência, metade de seu corpo parecia transparente e uma linha indecisa separava sua face direita (à esquerda na foto) do campo de luz. Algo chamara sua atenção e ela virara o rosto ligeiramente para a esquerda, distraída da cena principal.

O casal, no entanto, no centro do quadro e no interior do círculo florido que debruava o conjunto, surgia completamente nítido, de contornos marcados.

De terno escuro e óculos, cabelo brilhante acompanhando a risca impecável do penteado esticado para trás, o que lhe descobria na testa alta uma cicatriz à altura do supercílio esquerdo, o noivo controlava um sorriso de felicidade, que mais banhava seu rosto que se desenhava nos lábios. Estava ligeiramente inclinado pela estatura *mignon* da noiva, segurava-lhe a mão esquerda com extrema suavidade — via-se a força contida no gesto leve, as veias desenhadas no dorso da mão, as unhas bem tratadas — e tinha a aliança pela metade no dedo da noiva. Esta possuía cabelos negros, ondeados, que lhe desciam pelas costas misturados à nuvem alvíssima do véu. Tinha os olhos baixos observando com atenção um pouco tensa o gesto de seu par, e mesmo ligeiramente de perfil, o rosto moreno e jovem compensava certa leveza e ingenuidade com a impressão transmitida de firmeza e equilíbrio, qualidades que se aprofundaram com o tempo.

Ao encanto da foto se acrescentava o contraste entre a solenidade da cena e o suporte precário do papel, figuração da felicidade surpreendida antes de desaparecer.

A outra foto, instantâneo chamuscado pelo tempo, opunha-se de saída à cena anterior pela naturalidade da composição e maciez das linhas, característica das fotos ao ar livre ao cair da tarde, quando se adoça a luz e se alongam as sombras. Nela quatro mulheres estavam de pé, muito juntas, três delas entre os vinte e os trinta anos de idade, além de uma garota de dez. Uma renda de ramos e folhas parecia ondular ao fundo, contra um céu que foi empalidecendo ao fiar do tempo.

As duas mulheres à esquerda da foto estavam muito sérias. A primeira era alta, de ombros estreitos, cabelos apanhados para trás, testa saliente idêntica à do noivo na foto anterior, expressão intensa, olhos fundos. A outra, pequena e magrinha, tinha cabelos encaracolados cortados curtos, formando um halo ao redor do rosto fino. Seu ar era tranqüilo embora sugerisse grande determinação e franqueza. Trajava um modesto vestido claro de cinto estreito.

A menina vinha a seguir, sorridente, ar muito feliz, busto um pouco projetado para a frente de puro alvoroço, rosto redondo e cabelos presos atrás das orelhas. Parecia alta para a idade e estava de braços dados com a magrinha de um lado e com a mulher da extremidade direita, de outro. Esta enviesara o corpo e talvez murmurasse algo com ar brincalhão, sem prejuízo do jeito um pouco *coquette* de quem tem consciência da própria beleza. Por isso havia um traço de orgulho — mas muita simpatia — no rosto risonho. Seu cabelo, fino, esvoaçava transparente e varado de luz. Usava uma blusa branca muito leve e uma saia preta, justa. Sua mão esquerda estava aberta sobre a coxa, um pouco rígida, o que denunciava a intenção inocente de fazer pose.

À frente das mulheres estavam dois meninos, o mais velho com três, o menor com um ano e pouco. Pareciam absolutamente absorvidos no que faziam, inconscientes da situação e com a concentração peculiar a crianças daquela idade. O capim alto quase lhes cobria os joelhos. O mais velho, à direita da foto, segurava com ar um pouco angustiado, certamente pelo receio de deixar cair, um grande ramo de ervas finas, transparentes de sol, que se dobravam sobre suas pequenas mãos. Era alourado, de cabelos ondeados.

O menino menor tinha o rosto de perfil — via-se com nitidez a bochecha redonda e o narizinho ainda indefinido —, pois estava inteiramente voltado para o cão à esquerda da foto. Este chegava-lhe ao ombro e, a não ser pela oxidação do papel, parecia malhado. O menino tinha a mãozinha enfiada na boca do animal. Pela contradição da cabeça em ângulo reto com o corpo, percebia-se que a atração irresistível que a criança sentira pelo cão traduzira-se num movimento rapidíssimo de ousadia e confiança, colhido pela objetiva.

O interesse maior da foto, enquanto composição, traduzia-se na irredutibilidade dos dois grupos e na tensão de seu jogo de forças: a atenção dirigida ao exterior por parte das mulheres, que formavam entretanto um grupo profundamente solidário, *versus* a concentração dos meninos, obedientes apenas à voz interior, portanto isolados no poço radical da infância.

Putas da Estação da Luz

UMA

Ele me bateu muito na cabeça, me expulsou de casa, ficou com meu radinho de pilha.

UMA OUTRA

Interrompe por instantes o passeio infinito pela calçada, se encosta ao muro da estação, cochila. A bolsa escorrega lentamente pelo osso do ombro. Cochilando, não vê os meganhas nem ouve a correria das colegas. Os homens estão aí, gritaram. Um deles lhe dá um tranco, ela cai estatelada na calçada. Cata às cegas o pente, o espelhinho quebrado, bugigangas. O batom barato mergulha no bueiro. Mais atenção ao serviço, menina, ele diz, antes de arrastá-la para o camburão.

Amor

Bêbado, o príncipe ataca a bela pela janela do carro, esmaga a cabeça — que importa o pescoço torto? — no abraço contra o peito. Os brincos de cristal cortam as orelhas. Vai pegar um cigarro o maço cai na sarjeta.

— Diabo.

Ela se irrita, ele diz, você parece minha mãe, sempre me criticando. Mas segura os peitos cheios, rindo e remoçado pelo álcool.

— Detesto mulher burra que não compreende a alegria de um homem.

Ela tem nojo do beijo encharcado e do suor do corpo.

Cromo

Segue o declive da rua apertando os olhos míopes. Outdoors, pichações nos muros, nomes de lojas, placas de trânsito. Lê para controlar a aflição até chegar a seu destino. Um preto vestido de preto polvilhado de lantejoulas prateadas fazendo anúncio de um estacionamento. Os sacos de lixo são sacos ou homens? Os homens são homens ou sacos? É um trapo no meio-fio? É um homem. A baba da bebedeira escorrendo no papelão-travesseiro. Caminha depressa atenta aos buracos na calçada. Evita os mendigos para não se aborrecer. Tem um cubo de papelão no passeio da Santa Casa, coberto de panos e jornais. Ao lado, na calçada, um prato de papel-alumínio com restos. Dentro do cubo estará alguém. Alcova e sala de jantar. Passa uma ambulância com as sirenes abertas. O caminhão de gás estropiando Schubert. Ou Chopin. Ou qualquer coisa. Sol opaco e nuvens cruas. Atravessa a rua sem sinal de pedestres, de olho nos carros. Um esfarrapado se aproxima com decisão. Pára, o coração batendo. Ele a agarra pelos ombros, aproxima a cabeça da sua, arrota em seu ouvido.

Dudu

Um morto só é visto a contraluz, foi o que pensei. Quer dizer, embora pareça nítido não se vê direito. A luz é cegante e tem muitas sombras incompreensíveis. Ele estava deitado, o que é absolutamente normal. Defuntos estão sempre deitados. Mas inchara demais com a doença, todos achavam que não cabia no caixão. De qualquer modo tínhamos que fazer o teste. José segurou pelos ombros e eu na única perna que restara. Mas estranhamente desequilibrava e o corpo adernava feito um barco. Isso aprendi: precisamos de duas pernas mesmo depois de mortos. Também quando seguramos um morto sabemos que nós, vivos, somos animais de alta temperatura. Como as aves. A solução era uma só. Falei com José, que duvidou. Mas não havia outra. Soltamos o morto no chão — ele não sentia mais nada —, me deitei a seu lado, medi seu corpo pelo meu e concluímos que éramos do mesmo tamanho. Quem diria. José ainda duvidava da etapa seguinte. Achava que eu não ia ter coragem, que dava azar. Besteira. É que pensam que um caixão não é só um caixão, e sim o túnel do tempo. Quem entra não sai nunca mais. Bobagem. Pois entrei e me deitei a fio comprido. Sabe que achei tudo muito confortável e até inocente, almofada com babados de renda, cetim. Concluí que caixão veste e consola. Quando dizem de um morto que descansou, sabem do que estão falando. Fiquei uns bons minutos ali deitado, meio esquecido, pensando no que um dia me disseram. Que toda aquela parafernália de cimentar caixão em cova, fechar tudo, não é para evitar bichos. Claro, seria inútil, eles nascem da gente mesmo. Mas é que os mortos, se ficam soltos, sobem irresistivelmente para a tona da terra, atraídos pela luz do dia. Nisso se assemelham aos afogados. Mas alguém me chamou, outro problema surgira, muito mais prosaico. José cuspira de nojo. É que o morto não parava de cagar. Já era a terceira vez. E vovó queria que ele fosse enterrado com aquele terno preto de risquinhas, sabe qual? Arrancar toda a roupa dele foi muito difícil, pois o corpo já tinha virado pedra. Afinal me vi com o terno todo cagado na mão. Completamente perdido. Foi então que observei um mendigo bisbilhotando na porta, adoram esses espetáculos, sei lá por quê, e perguntei se ele queria aquele terno assim mesmo. O mendigo adorou, sorriu um sorriso desdentado de criancinha, me agradeceu muito e lá se foi. Mas essa história não tem fim, quem mandou você puxar assunto. Ainda restava um problema: como tapear vovó? Bom, tive outra idéia brilhante, a terceira do dia, repare bem. Cobri o morto de flores do pescoço aos pés e ele foi assim mesmo, nu como no dia em que nasceu, o toco da perna brilhando pálido, parecia um nabo, mas pensando bem aquilo não tinha a menor importância.

Godard

A gare está vazia, ele chega, ela vem de bicicleta. Quando começam a falar o trem atravessa a tela, atropela a voz. A violência é um tapa na cara, dente sangrando, olho saltado escondido no fio da baioneta. Lá pelo meio tem a máquina de foder, a exacerbação do movimento, para trás, para trás, o movimento se quebra, a paisagem borra, é esmagada, emplastrada, porque para nós uma árvore já é apenas celulóide, daqui a pouco luz. O corpo na quina da estrada, o detalhe bobo, saltos lentos, abraços lentos deixando ver o movimento quebrado. É preciso começar de novo para poder ver de novo, rostos líquidos escorrendo contra a luz, moitas amarelas ou pretas entre as pernas. Quero ver, tira a calcinha. Sua bunda não é nada de extraordinário, muito menos os peitos. Repita alto, meus peitos são uma merda. Despir o movimento de sua rapidez ilusória, despir o homem de sua honradez ilusória, despir o corpo. Tirei a calcinha, você pode me bolinar se quiser. Merci, prefiro ir chez moi ler um romance policial.

Acervo

1.

No dia 26 de fevereiro de 1975 ele saiu para o trabalho e sumiu no ar, com carro e tudo. A mulher correu hospitais, necrotério, delegacias de polícia. Por que a senhora acha que ele está aqui? Era um meliante? A senhora sabe de alguma coisa? É a esposa dele? Ah, são amasiados. Isso muda tudo. Quer ver saiu de farra por aí. Ninguém é de ferro e tem muita mulher sobrando. Tem sim. Não esquenta, um dia ele cansa e volta. Um contato no DOPS no segundo dia. Ligue amanhã à mesma hora. Como é mesmo o nome? Cognome? Tipo físico? Tinha uma araponga martelando a outra ponta do fio. Ligou. Verifiquei tudo, dona, no DOPS não está, devem ter levado pra PE. Barra pesada, hein? Atrás do desembargador no terceiro dia. Vamos lá comigo, o senhor é influente. Calma, minha filha, não vai acontecer nada. Conheço políticos. Depois, seu marido é homem de bem, meu amigo. Agora está um calor danado, vamos esperar a fresca. Já me viu tocando órgão? Não sou propriamente um Guenther Brausinger, mas... Tocata em dó menor, how beautifully shines the morning star (voz de barítono carcomido). E o largo, ah, o largo, the bridal procession from Lohengrin. Ou prefere a Marcha Fúnebre? Great God, we praise Thee... Mas o que é isso, minha flor, por que está chorando? Assim não posso me concentrar. CNBB no quarto dia. A secretária interrompe a datilografia, levanta a cabeça: outro desaparecido? Assim não é possível. Preencha a ficha, explique as condições. D. Ivo tinha ido conferenciar com o Geisel e era aguardado a qualquer momento. O avião atrasou, disse uma mulher. Começa a conversar com a sala cheia. Parentes de desaparecidos de todos os prazos, dois anos, dois meses, dois dias. Preenche a ficha, o coração está branco, sai, pede ao PM para tirar por favor o carro da vaga. Tinha a vista turva. De braço com o desembargador, que caminhava mal pelo corredor do ministério. O coronel muito polido. Hoje é sexta, não se pode fazer nada. Semana inglesa. Levava uma sacola com chocolates, remédios, queijinhos. Mas o que é que ele fazia? Digo do ponto de vista da subversão. Nada? Ora, minha senhora, como é que a senhora é mulher dele e não sabe de nada? Mas será que o senhor manda entregar a sacola? Mando. E um bilhete? Será que pode um bilhete? Pode. O chofer do desembargador abre a porta do rabo-de-peixe. Diabo, esqueci os cigarros, esqueci os cigarros, que espécie de mulher sou eu, como é que fui esquecer logo os cigarros? À tardinha o desembargador convida. Vamos à Colombo? Depois falamos com o Vitorino Freire. Na Colombo não a apresenta aos conhecidos, olhares de cumplicidade, aí, hein, desembargador. No décimo dia o *Jornal do Brasil* admite a prisão, com nome e sobrenome. Lê mil vezes o nome impresso na folha, letra por letra, padecendo. O nome que no peito escrito tinha. Recorta, cola na agenda. Convida amigos pra celebrar, tomando uísque e olhando o Pão de Açúcar pela janela. Quer dizer que não matam mais. Enchem a cara. Só por acaso, se errarem na tortura. Mais quinze dias, o advogado chama. Vou lá ver um preso, se ele não estiver muito machucado a senhora vê ele também. O advogado entra, sai rindo com um capitão. Não pode ser hoje, talvez na próxima semana, o dia ainda vão marcar. Agarra-se ao braço do capitão. Incontrolável. Quer dizer que ele está muito machucado? Tapinha no ombro. Minha senhora, o pior já passou. O militar desaparece e reaparece com as sacolas que confiara ao coronel dias atrás. A senhora há de convir que não seria conveniente, atrapalha inteiramente os interrogatórios. Chora ali mesmo, assoando o nariz nos dedos, limpando na saia. No mês seguinte, o senador. Calma, vai dar tudo certo, tem de ter paciência, ele é homem instruidíssimo, fala sete idiomas. Por isso é que prenderam ele? O que é isso, não seja irônica. Estou lhe dizendo, hein, não seja irônica. Mais calmo. Ele é homem de bem, não opõe nenhuma resistência. Mas, senador, como poderia? Olha, minha filha, não está dando certo esse papo, como você é irritante. Vamos mudar de assunto. Afundado na poltrona, conta toda a sua vida de self-made man, conheceu a mulher tocando piano num sarau, a família dela se opôs, mas tinha sido amor à primeira vista. Hoje em dia sou é dono do Maranhão. Mas e ele, senador, como é que ficamos? Pode deixar, minha filha, deixa comigo, estou por dentro. Mas, senador, a linha-dura... Soco no braço da poltrona. Minha filha, linha-dura sou eu. Linha-dura e fiel revolucionário. Pausa. Ouça bem. Fiel revolucionário. Eles não, eles são é linha-duríssima. Querem tirar o Geisel, mas nós não vamos deixar, t'ouvindo? Não querem largar a teta gorda em que estão mamando esse tempo todo. Teta gordíssima, t'ouvindo?

2.

Quando o cerco da polícia apertou, queimou a papelada, se livrou do 38 e foi para a rua embrulhado em trapos se fingindo de mendigo. Acostumado com a vida estreita dos esconderijos, sentiu tontura ao ar livre, experimentou a náusea da maresia. No segundo dia um mendigo verdadeiro aproximou-se e disse que ele não era mendigo coisíssima nenhuma. E rua não era assim de mão beijada, não senhor. Tinha ordem. Tinha esquema. Que estava muitíssimo enganado. Devia era estar fugindo de alguma coisa complicada. Talvez da polícia. Ou quem sabe um caso de amor. Bem. Bem. Dava um conselho. Que se escondesse nos velórios de subúrbio. Aí sim. Sempre servem cafezinho, biscoitos. E você vai poder chorar em paz. Deve ter mesmo muitos motivos para chorar.

3.

Uma noite inteira virando as páginas de um álbum de fotografias com um dos interrogadores enfiando a mão debaixo de sua saia. Vê muitas caras conhecidas.
— Não conheço ninguém.
— Olhe bem.
— Já disse, não conheço ninguém.
Para ganhar tempo, ou talvez porque muitos anos depois iria se apaixonar por um homem assim chamado, aponta um rosto desconhecido:
— Antonio.
O interrogador retira a mão de sua saia, vira a foto. No verso está escrito: Antonio.

4.

Tentando não sucumbir ou descontrolar-se, ouve a voz do interrogador gordo que folheava seu caderninho de endereços.
— Ouçam isso.
Silêncio.
— Sapo é verde por definição, mas sapo mimético tem a condição de ser hermético.
Estupefação.
— Que diabo quer dizer isso? É claro que é código.
— A situação agora é que complicou. Complicou e muito. Estão nervosos.
— Vai logo explicando, vai logo explicando.
Revê a cena. São Paulo ensolarada, caminhando pela rua Augusta com o irmão, um sapo de napa cheio de areia numa vitrine. Marrom, estufado, servia para prender portas. Riu-se, lembrou-se de Laís. Comprou o sapo para a amiga. Sentaram-se numa mesa ao ar livre para tomar chope e ler jornais. Quis mandar um cartão junto com o sapo. Treinou os versinhos no caderno de endereços.

Sapo é verde por definição
mas sapo mimético
tem a condição
de ser hermético.

Sabe o que a espera. O coração cai como uma pedra. Ouve a própria voz explicando.
— Era um sábado de sol, achei na rua Augusta um sapo engraçado muito parecido com uma amiga minha.

5.

Escrito no alto de uma porta da Polícia Especial:
aqui é a terra onde o filho chora e a mãe não ouve.

6.

(a) Bar Dois Irmãos

Ele ficou nove anos preso no Tarrafal e três na Cadeia de Luanda. Foi solto em 73. Mas até hoje só come de colher.

(b) Legislação colonial

Que a prata, a seda e o pão não sejam tocados pelos negros.

Cromo

O outono estendeu uma capa de toureiro sobre o muro. Ainda flutua ao sol. Dentro o crepúsculo, soprando para longe as folhas de vidro da varanda. As sombras crescendo macias e quentes como as cinzas na lareira. As cabeças estão juntas e a página brilha sob a luz. Na voz, o caroço de uma cereja passada boca a boca, molhada de saliva, e que bate nos dentes como um teclado musical.

Praia

Na imobilidade um está dentro do outro, perfeitamente ajustados. A cama e o quarto. Diluídos na vaga obscuridade coada pela vidraça opaca da janelinha, moldura da gata que de vez em quando surge, arranha com a pata, quer entrar. A cama é de ferro, com hastes direitas entremeadas por círculos e torçais de metal dourado encimados por bolas, cujo brilho é sombreado pelo pó que tomba lentamente como nas ampulhetas. O silêncio é absoluto e parece escorrer do bojo da pequena ânfora de argila que pende de um barbante atado a uma das hastes. A caliça abre manchas humildes nas paredes. Uma aranha teceu no canto à direita sua teia, antes de desaparecer. A parede encostada à cama é gelada como uma fonte. Nela o corpo suado busca refrescar-se, boiando em água invisível. A cama e o quarto podem parecer à primeira vista do mesmo tamanho, mas isso não passa de ilusão. Sobra uma franja de espuma por onde se chapinha na corrida rápida antes do mergulho no mar dos lençóis. Pois a cama compõe uma paisagem marinha, conforme anotou alguém há muitos anos.

Mergulhados nessa água densa que refracta e multiplica superfícies, os corpos imitam o movimento ondulado das cobertas; restos de palavras fazem estremecer com seu hálito a teia, e um vago crepúsculo se propaga ao redor do menor ponto de luz. Também quando reflui a maré pequenos objetos surgem em desordem à margem: conchas, pedras, telas com seus jardins e seus palácios, cigarros e fósforos, livros, moedas extraviadas, chaves e parafusos, além de uma vela africana triangular, com máscaras negras e amarelas desenhadas. Ela arde de dentro para fora, mergulha no próprio centro, deixando intocadas as pontas. Lembra então um barco, a cuja luz podem se desenhar pelas paredes os animais de sombra da infância. Contra todas as evidências, entretanto, e apesar da imobilidade, a cama está acordada e à espreita, no oco do quarto. Descobre-se então que possivelmente se trata de um animal arcaico, talvez da classe dos reptis, o que confirma certas palavras sussurradas, hoje quem sabe esquecidas, associando ao Paraíso aquela paisagem opaca e úmida como os tecidos placentários. Sabe-se que nesses animais a imobilidade absoluta é falsa e esconde uma grande vivacidade de movimentos. Como são muito difundidos por toda a Terra, assumindo formas e dimensões variadas, não será absurda a inclusão da cama na mesma família, a que se acrescenta sua rara faculdade de distender as maxilas e o esôfago, engolindo a presa sem a triturar. É o que acontece com as roupas arrancadas às pressas e atiradas de qualquer modo à superfície dos lençóis, e que desaparecem sem deixar traço apesar das buscas exasperadas. Deduz-se então que foram devoradas pela cama em plena caça, com o objetivo natural de saciar sua fome de bicho. Um belo dia, entretanto — e o mistério jamais será resolvido se baseado estritamente na água rasa da literatura —, as roupas ressurgem e se depositam à margem, ou enroscadas nas hastes de ferro, à semelhança daqueles objetos trazidos pelo mar ou pela fantasia dos habitantes dessa paisagem. Fantasia que não pode ser absoluta, convenhamos, e que encontra seu limite nas relações com outros corpos, próximos ou distantes, e que giram — meros carretéis — no labirinto de areia dessas praias.

ESTA OBRA FOI COMPOSTA EM MERIDIEN, TEVE SEUS FILMES GERADOS NA
VISUALE FOTOLITO E EDITORA E FOI IMPRESSA PELA PROL EDITORA GRÁFICA
EM OFF-SET SOBRE PAPEL PÓLEN SOFT DA COMPANHIA SUZANO PARA A
EDITORA SCHWARCZ EM MAIO DE 2000